我們是微小的存在

우리는 조구만 존재야

300萬歲的都市恐龍
布拉基歐的日常探險

圖文 巧可滿 工作室 譯 陳品芳

過不去也沒關係，今天還是要可愛一下

　　什麼事都做不了的時候，就做自己吧。翻開這本書，和這隻小恐龍一起生活，泡咖啡、洗毛巾、被雨淋、在失眠的夜裡喝南瓜湯。那些過不去的日子終究會過去。今天無法當一隻可愛而快樂的小恐龍也沒關係，明天再當吧！

心理學作家　海苔熊

晴天雨天，用提問探索並療癒自我

　　我們是怎麼形塑出今天的自己的呢？

　　跟著都市恐龍布拉基歐的腳步，度過每一個自我探索並自我療癒的晴天雨天。

　　透過書裡的一道道提問，解開心中的疑惑，了解自己真實的模樣。

　　推薦給在大都市中載浮載沉的你。

故事作家　狼焉

望向自己的內心

　　四格漫畫的動人之處，應該就是對於每件事看似只說了一點點，但就感覺已經足夠的那種魅力吧。

　　正因為是微小的存在，所以對於看起來微不足道的小事也都放在了心上。見到如此坦露內心的可愛恐龍時，也會忍不住望向自己內心。

插畫創作者　包大山

生活就是如此美好

　　即使是我們生活一件渺小的事，在我們的世界裡都有它存在的意義，這本書可以陪伴我們寂寞和無聊的時刻，都市恐龍——布拉基歐就像是個知心的朋友，看了每個主題，內心深處有一個吶喊的聲音「對啊！生活不就是這樣嗎！」一邊閱讀一邊會心一笑點著頭，細細品味那些無厘頭、平凡卻美好的生活！

非典型藝術家　林彥良 / BaNAna Lin阿蕉

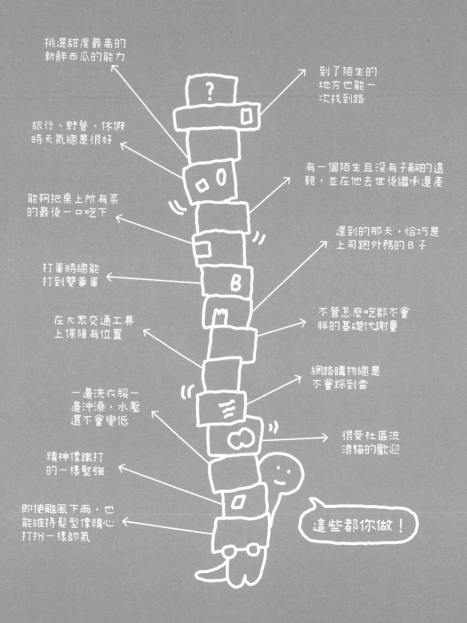

你好嗎？

我是隻愛畫圖、經常熬夜，想法很多的草食性恐龍。

雖然很想成天遊手好閒，但可惜我沒有超能力。

不過我還是很認真工作，也會做一些沒用的蠢事，

自認為過得還算不錯。

很高興認識你。

串聯每一天

有時候我真的好討厭自己。

我是垃圾。

會埋怨「你怎麼長成這樣?」

真是的,
到底為什麼這樣?

有時候又會覺得我真的還挺不錯的。

但即便是這種日子，
最後還是會回歸那個想法。

「現在的我是怎麼變成我的？」

這個問題跟了我一輩子。

為了找到這個問題的答案，我開始翻找過去的紀錄和回憶。

我從身邊的朋友身上，

以及世上的每個角落，

蒐集了許多小碎片。

然後才發現，

是這些小小的碎片創造了現在的我。

我用圖畫和文字串聯這些日常的碎片。

做成了這本書!

contents

Chapter 1 | 我是這樣的恐龍

Chapter 2 | 跟你一起時

Chapter 3 | 這世界值得我繼續住下去嗎？

閱讀本書的方法

1. 時間是睡不著的凌晨，感覺有點悲傷的日子，或什麼時候都可以（除了超級幸福的時候，其他都可以）。
2. 在床上、地板或鬆軟的沙發上（不推薦書桌旁邊的椅子）。
3. 全身放鬆，只需要讓手指能翻書頁的一點點力氣，這樣就夠了。
4. 輕輕翻頁。
5. 偶爾會發現問題。如果旁邊有紙筆可以寫下來，嫌麻煩的話不寫也沒關係。
6. 但如果有值得思考的問題，就暫時停下，在腦中思索一下答案。
7. 把心中浮現的答案、冒出的碎片變成你的。

Chapter 1

我是這樣的恐龍

下雨就要吃
炸蝦

下雨了。

你有在下雨時到海裡游泳過嗎?

我有喔。

剛進到海水裡，
會一直看著海裡的情景。

海裡真的有很多神奇的東西呢。

哈囉！

游著游著，
累了就翻過來看看天空。

我沒有鰓，所以無法潛水太久。

哇，真的嗎？

下雨了。

我可以聽見雨滴碰撞海面的聲音。

這時候，我覺得自己像被油炸。

感覺就像是被炸得金黃酥脆的
一尾炸蝦。

既然這樣，那我想當最美味的炸蝦。

放在咖哩飯上面感覺也不錯。

QUESTION

下雨天會想起什麼食物呢？

家務

心事很多感覺很複雜時，

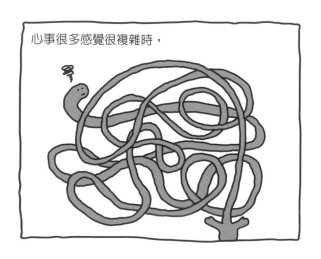

我，

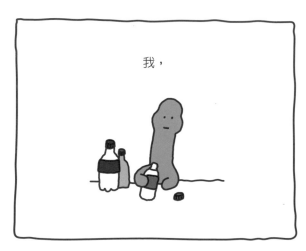

會去做家務。

心情複雜，

家也會變得跟心一樣，
東西都亂成一團。

要整理心情實在太難了，

所以我至少要做自己能做的事。

　　雖然房子整理完後，問題不會像施展魔法一樣瞬間解決，但比起在雜亂的房子裡心煩，在乾淨的房子裡心煩還是好多了。

QUESTION

你心煩的時候會做什麼呢？

最有希望的
時間

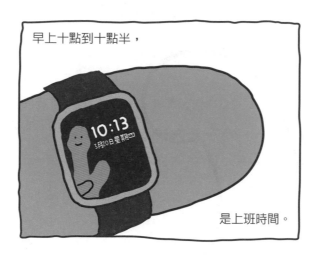

早上十點到十點半，

是上班時間。

上午工作

13:00   10:30

我是自由工作者，沒有人幫我規定上班時間。
所以我自己決定何時上班。

打開窗戶讓室內通風,

吃個簡單的早餐,再煮杯咖啡。

一邊喝咖啡一邊聽新聞,

並確認
信箱來信。

這段時間很悠閒。

開始覺得自己今天能完成很多事，
變成一隻對接下來一天
滿懷希望的恐龍。

寫好一張
有點長的待辦
事項清單。

我最有可能性的時間，
也是最有希望的時間。

一天中你最喜歡的時間是什麼時候？

失眠的夜晚
就喝南瓜湯

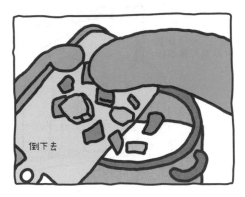

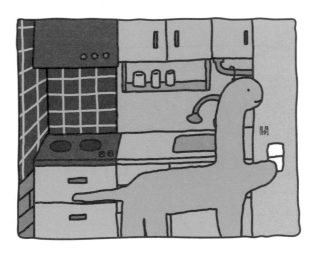

　　失眠的晚上，別去想過去令你後悔的言語、行動或選擇，別去想回憶裡的某個人、彷彿被獨自遺留在宇宙中的孤單、死亡、死後的世界，或是自己有多麼微小。一旦開始思考這些事⋯⋯就會徹底失去睡意。有時間想這些，不如去煮南瓜湯還要好幾千幾萬倍。

　　把南瓜清洗乾淨之後，放入微波爐裡熱三分鐘，再小心翼翼地拿出來。將有點軟爛的南瓜對半切開，然後再對半切兩次，最後把綠色的皮切下（雖然皮也可以吃，但放進湯裡顏色會不漂亮）。將橘色的部分切塊，再放入微波爐裡熱三分鐘。大半夜的，這點程度的勞動就能讓你產生

睏意。

　　接著想像隔天早上睜開眼，去麵包店買剛出爐的吐司、麵包。回到家後把洋蔥炒到焦糖化，然後再倒入前一晚處理好的南瓜，最後倒入牛奶後煮沸。煮沸後再用攪拌器把洋蔥和南瓜攪碎，同時也把殘留的睡意攪得無影無蹤。

　　經過這樣一連串的勞動跟想像，就能抱著「隔天早餐時，可以吃一碗又甜又稠的南瓜湯配吐司」的期待入睡了。

睡不著的晚上,要做什麼好呢?

本以為做家事很簡單。

說得更精準一點，是誤以為做家事很簡單。

這是寶特瓶

左手只是輔助

但最近我發現，家事也不簡單。

某天，用跟平時一樣的流程洗好衣服，

結果衣服竟然發出霉味。

雖然清理洗衣機、更換洗衣精，
但還是沒用。

是因為太潮濕
嗎？

結束一天的工作，想用熱水沖個
澡，讓自己乾淨清爽地休息，

想淋浴……

但一想到有霉味的毛巾，
讓人都還沒洗就想嘆氣。

唉……

我成了一隻連衣服都不會洗的
恐龍了嗎？

我這傢伙⋯⋯

到底會什麼啊？

不過仔細想想，

洗衣服也是某些人的專業。

是因為我一直把洗衣服當成
普通的小事嗎……
（我這傲慢的傢伙）

媽啊，
我的天！

總之，我委託了洗衣專門業者。

不好意思……

我想委託你們洗毛
巾跟棉被──

很可能會有人說我懶惰、說我浪費
錢。

那是有多困難，
居然還要花錢請人幫忙洗?!

天啊，
嚇死了，
打錯電話了
……

在這個高科技時代，

把待洗衣物放在家門口，

放在這邊就可以了嗎？

業者就會拿去依照種類和材質清洗，
再送回門前。

什麼？這麼快就洗好了？

甚至不需要跟人接觸！

真是不好意思，我不是懶惰。
不，我的確是懶惰，但不是這麼懶的
一隻恐龍……我挑戰過很多次，但真
的不得不選擇送洗……（哭）請你們
收下我的待洗衣物吧。

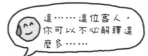

這……這位客人，
你可以不必解釋這
麼多……

我會聞著殺菌過的毛巾和鬆軟的棉被，

覺得自己真是做對了。

這就是花錢買舒適啊。

〈新的一年，打造全新的我的階段式說明書〉

1. 把自己抬起來。
2. 帶到附近的投幣式洗衣店去。
3. 放進洗衣機裡。
4. 投入銅板。
5. 開始清洗。
6. 等待。
7. 等到洗衣機開始唱歌的時候。
8. 從洗衣機裡把自己拉出來。

9. 掛在能照到陽光的地方。

10. 洗好了！鏘鏘！

11. 接下來迎接新的一年、新的自己吧！

（若想以影片形式觀看此內容，
請掃描QR Code）

QUESTION

——— 非做不可， ———
但又真的很不想做的事情是什麼呢？

扣人心弦吧

偶爾會有特別孤單的時候。

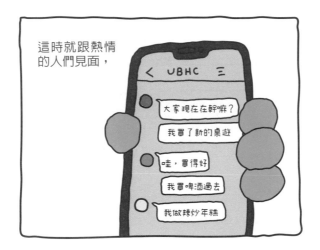

這時就跟熱情
的人們見面,

< UBHC ☰

大家現在在幹嘛?

我買了新的桌遊

哇,買得好

我買啤酒過去

我做辣炒年糕

有時候會希望在快速且
吵鬧的環境下感覺幸福，

有時候又不想要這樣。

所以會深
深陷入孤
單之中。

不過聽說這就叫做憂鬱，我又不想因此誤會我的人生很不幸。

孤單跟憂鬱是不一樣的！

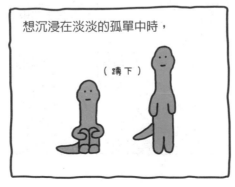

想沉浸在淡淡的孤單中時，

（蹲下）

我會拿出吉他。

會有這種心情，
通常是在晚上或凌晨，

所以我會抱起吉他，
很輕很輕地，

唰～

用只有我能聽到的音量彈吉他。

雖然不知道彈得怎樣，
但我還是一直彈。

讓自己可以被安慰。

噹啷～
　噹啷～

不多不少剛剛好。

心琴

1) 比喻受外界刺激而產生微妙變化。

2) 如字面所述，就是心中的琴（弦樂器）。

　　人們被感動的時候，會說「扣人心弦」，我聽說這句成語來自佛祖。佛祖有個名叫「聞二百億」的弟子，他嘗試藉由修行頓悟佛法，但不管怎麼「努力」都無法頓悟。他問佛祖該如何是好，佛祖告訴他：

「你是否彈過玄琴？」

「彈過。」

「玄琴的弦不能太緊也不能太鬆，這樣才能彈奏出美妙的樂音。修行過度會使人浮躁，修行過少會使人懶散。修行必須適當，身心才能融合以得到好結果。」

聽完這段話之後，聞二百億才終於領悟。佛祖的比喻，就像撥動心中的琴弦一樣觸動了他，也就是所謂的扣人心弦。

我心中則有把吉他。雖然感到孤單時，偶爾會想跟人見面，不過也會有不想跟人見面的時候。在這種希望自己維持有點寂寞的狀態時，我就會彈吉他。雖然有些生疏，但我還是照彈不誤，不多不少，彈到剛好能安慰自己的程度（雖然我的演奏不能說是扣人心弦啦，哈哈）。

彈著吉他，我會想起教我彈唱的爸爸，也會想到看見這樣的爸爸跟我而感到開心的媽媽。想著幸好還有這些回憶放下吉他，靜靜入睡。

英文單字「heartstring」跟心琴非常類似，是指心上的弦的意思。十五世紀的人相信，人體有一條連接心臟，維持心臟運作的神經（nerve）束。到了十六世紀，這個詞的用法就跟現代一樣，成了跟人的情緒有關的比喻，有引發強烈的愛意、感動、同情心的意思。在英文裡，我們會說撥動某人的heartstrings（pluck / tug / pull at one's heartstrings）。

　　真慶幸，心中還有一把吉他陪著我。

QUESTION

心裡感覺有點孤單時，會想聽什麼音樂呢？

您好，布拉^^

抱歉週末打擾你，有地方需要小小

修改……而且有點緊急，所以能麻

煩你一個小時內完成嗎？

這到底是什麼意思啊……
我都把真的真的是
定稿.ai檔寄出去，
也得到最終確認了啊……

呼……

還是得改啊，不然怎麼辦。

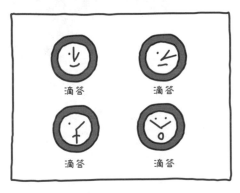

嗯？

「為什麼都不尊重我的時間呢？」

當然，這個人應該
也不想這樣……

又來？

嗡嗡～

嗡嗡～

他打來是要幹嘛？

史戴柯

　　某個週末的白天，迪布羅去參加結婚典禮，過沒多久就突然跑回來。說會場有人在發花，他覺得很漂亮，所以想把花拿給我。我瞬間變得像個舞台劇演員，用中氣十足的聲音對拿著花束的迪布羅大吼說：「爲什麼這世界上的人都不尊重我的時間？」那時候，我正因爲跟前面這個故事差不多的原因，而承受著巨大壓力。大家似乎都把我當成機動組，一有狀況就能立刻前往支援，我好像必須隨時準備好支援大家。時間明明是屬於我的，但我卻無法隨心所欲地使用。

過了非常辛苦的星期一到五之後，我睡到很晚才起床，連澡都還沒洗，整個人非常邋遢。而參加完結婚典禮的迪布羅，滿心歡喜地拿著花束回來，看起來比任何時候都要乾淨整潔，更讓我覺得自己很落魄。可能是因為這樣，才讓我更火大吧。

　　那天我真的真的好丟臉，真對不起。

QUESTION

你有因為超級小事生氣過嗎？

最有自信的
地方

曾經有人問我
「最有自信的地方」
是哪裡。

布拉，你最有自信的地方是哪裡？

我沒有最有自信的地方，
所以回答不出來。

我喔？

有自信的喔……

嗯……不知道吧。

回到家後仔細思考。

我最擅長什麼啊？

運動，

第四名

嘿

鉛球大賽

不過我突然想通了。

!!!!

（停住）

雖然沒有特別好的，
但也沒有特別不好的。

沒錯！

我找到有自信的地方了。

喂——？

我，

我……找到有自信
的地方了！

沒自信把每件事都做到最好，
但有自信不會把每件事搞砸。

我有自信，每件事
我都能做得剛剛好！

QUESTION

你最有自信的事情是什麼呢？

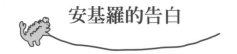

安基羅的告白

「我是套餐，無法單買。（It's a package deal.）」

　　我們經常會因為看見一個人某個發光發熱的時刻，而對那個人一見鍾情。那人最帥氣的模樣，會永遠留在我們的腦海裡。但我們卻忘記，當對方真正進入我們的人生時，那些不好的部分（或是我討厭的部分）自然也會進來。

　　我們不可能只擁有對方完美的一面。就像歌手出一

張只有暢銷曲的精選輯，確實能讓人從頭到尾都聽得很開心，我們甚至還能每一首都跟著唱，不過我們也可能因此無法得知他一路走來的成長，也無法看見最完整的他。畢竟就是因為有那些不紅的歌，才能催生出這些很紅的歌吧？

所以當某些人進到我的人生中，他們不會只帶著優點，也會帶著缺點一起進來。因為沒有人是完美的，所以我們也不能說「你把缺點放著，只帶著我喜歡的你進來」。

其實我認為是缺點的地方，對別人來說也可能是優點、魅力。而且把我討厭的部分改掉之後，那個人就不再是原本的那個人了。

其實這說的就是我自己。我有很多缺點，也有不少故障的地方。我想問，這樣的我可以進到你的人生裡嗎？很害怕你只是因為看見我最耀眼的一面，就決定讓我進入你的生命，但之後看到我不好的、醜陋的、不長進的一面，

又會把我趕走（別趕我走）。

　　以前我總對別人的評價戰戰兢兢，現在稍微好一點了。我知道無論你我，我們都沒那麼完美。我知道我真的有很多缺點，但我不想為了缺點道歉。畢竟我也是身不由己，而且這樣不完美的我雖然有時很討人厭，但有時候也很討喜吧。

　　直到現在，我才想把這些話，說給小時候那個戰戰兢兢，渴望獲得陌生人好評的自己聽。

我最耀眼、最棒的一面是哪裡呢？
可以盡情炫耀。

Chapter 2

跟你一起時

平凡卻美好的
禮物

去年生日時，
朋友送了我一個禮物，

是柔軟的貓咪造型全身枕。

這種上頭寫著「我很可愛」的角色商品，
其實不是我的菜。

不過工作經常
日夜顛倒，

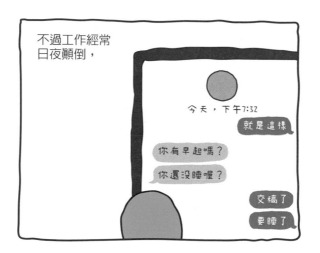

累個半死
卻睡不著

哈

而且我又容易睡不好，
朋友希望能讓我好睡一點，
才送我這個禮物。

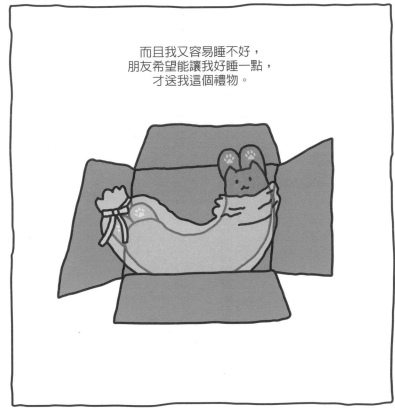

有這樣一個知道我的狀況、
理解我的困難，

想要盡力幫助我的朋友真好。

交稿！
交稿！

交稿！
交稿！

每天睡前抱著灰色的
棉貓時，

我都會想起他那顆溫柔的心。

走吧，
讓我們去夢鄉！

QUESTION

至今收到的禮物當中，最讓你印象深刻的是什麼？
（無論是好還是壞）

我爸爸是
免地男

QUESTION

在做什麼的時候會想起父母？

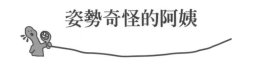

姿勢奇怪的阿姨

　　我本來一直覺得沒有比「我自己」更重要的東西，後來遇到一些事情，才讓我發現這種想法「錯了」。

　　一個豔陽高照的夏日，我走在路上，那天真的熱到快要融化。我看見一隻毛髮蓬鬆的白色馬爾濟斯搖搖晃晃朝我走來，後面跟著一名牽著牠的中年女性。那名女性微微彎著腰，用有些彆扭的姿勢為走在前面的那隻狗撐陽傘。

　　陽光毫不留情地照在阿姨臉上，但她好像完全不在意。阿姨的視線完全鎖定在那隻狗身上，小狗則走在那剛

好能把自己罩住的陰影當中，不停前進。

　　「怎麼有辦法這樣用心去愛自己以外的人呢？」那幅
景象瞬間讓我感到好窩心。

QUESTION

你覺得有比自己更重要的東西嗎？

崩塌的塔

你要一個人蓋這座塔蓋到什麼時候!

不要蓋了,
快來跟我一起玩啦!

　　小時候，在我還沒有記憶的小時候，我就開始想像自己未來會遇見的摯愛。雖然不知道對方會是誰，但我還是一邊想像「應該會是這種恐龍」，一邊列出幾個條件。例如長相如何、身高如何、語氣和聲音如何、和我有類似的興趣跟喜好、喜歡什麼風格的穿搭、從事什麼工作、喜歡怎樣的音樂、會彈什麼樂器、會用什麼方式說話等等，用想像的方式慢慢堆疊出我的理想型之塔。

　　長大過程中，我遇見過幾隻恐龍。其中有龍告訴我「你這座塔不能這樣堆，應該要這樣堆才會比較穩定」。

也有龍會說「哇，我也喜歡堆塔吔，一起來吧」，就幫我堆了幾塊磚頭上去。但時間一久他們開始感到無趣，就跑去找別的遊戲了。

　　後來有一天，一隻龍出現了，他跟我用心勾勒的理想型截然不同。他任意入侵我的私人領域，一下子把我花費長時間堆起來的那座塔推倒。他不僅不感到抱歉，竟然還邀我一起玩。換成是以前的我，肯定會覺得他很沒禮貌，說不定還會生氣呢。神奇的是，他這樣的舉動雖然讓我有些慌張，但我卻沒有發火。

　　就這樣糊里糊塗之下跟他玩在一起，才發現真的很有趣。一直以來，即使我面對好友，內心依然會保持一些距離。而這隻龍跟我個性真的很不一樣，所以那些不同之處，反而讓我感到新鮮有趣。有時候會發現我們小小的相似之處，我甚至還會覺得很開心。因為跟他玩在一起很開心，所以現在我們依然玩在一起。以後也會玩在一起，我想跟他一起玩下去，直到我覺得無聊為止。

QUESTION

試著想想戀人。

第一印象如何呢？現在如何呢？

不對盤*

你一點也不壞。

但我也不壞。

你完全沒有錯。

你跟我只是……不對盤而已。

但我也不想勉強自己配合。

就這樣而已。

就這樣自然疏遠了。

　　我是個相信命運的人，所以無論是戀人、朋友還是工作夥伴，我都覺得他們跟我是命中註定的相遇。不過我現在知道，一段關係能夠長期經營，一定要多加一份「努力」（以前都不知道這點。也有很多段關係都是因為不知道這點而搞砸）。要有配合彼此的想法和意願，關係才能長久。

　　其中一種需要努力的情況，就是當對方說的某些話或做的某些事，讓你感覺不舒服或受傷時，就該坦誠地說「這些話（行為）讓我覺得不太舒服」。但其實要說出這種話，實在很不容易。我有好幾段人際關係，就是因為不忍心把實話說出口，最後乾脆直接斷絕來往。（這沒啥好驕傲的，我也很無奈……）我也遇過煩惱到最後，擠出各

種有的沒有的勇氣，小心翼翼地跟對方說出自己的心聲時，對方卻指責我「幹嘛小題大作，活得太辛苦了吧」，或反過來批評我說「你都不會犯錯嗎？你之前不也是怎樣怎樣嗎？有些人甚至會因為我說的話而生氣。如果遇到這種人，這段關係應該無論如何都無法長久吧。

我認為聽見別人鼓起勇氣把內心話說出口時，不要反駁或辯解，而是選擇承認或道歉，視狀況冷靜解釋為什麼會說那些話、做那些事。還有得知別人因為自己說的話受傷時，會願意改變自己，並在未來遇到相同情況時，選擇多站在別人的立場想想等做法，才是每個人為維持一段良好關係所應該做出的努力。

---

* 原書編輯註：這裡原文的「對盤」是從日文演變過來的說法，在韓文中我們通常會說「合得來」。這裡為了文章的韻味，所以選擇保留作者的用詞。

QUESTION

你有想疏遠的朋友嗎？

在截稿時
接到電話

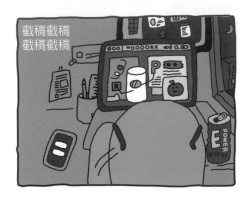

真是無言到笑出來，
明明不該因為這種情況而笑的。

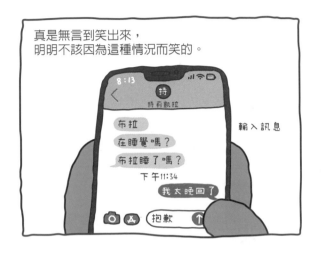

她居然秒回吔。

你有晚一點回訊息也沒關係的朋友嗎？

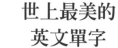

世上最美的
英文單字

大學二年級上學期的某一堂主修課，
教授在課程最一開始問了我們一個問題。

INFORMATION
& PERCEPTION

她要我們猜猜那年在美國舉辦的「世界上最美的
英文單字是什麼」問卷調查中，哪個單字獲得第
一名。

有人要猜猜看嗎？

教授說完後不到兩秒，
我就不自覺舉起手來回答。

結果答對了。

我一定不會答錯這個問題。

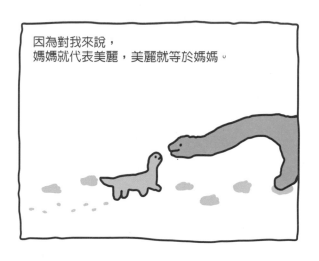

因為對我來說，
媽媽就代表美麗，美麗就等於媽媽。

能有這樣的媽媽，真的讓我很感激。

QUESTION

說到「媽媽」你會想起什麼字眼？

狗

（過去某天的日記）

我真的能養狗嗎？我照顧自己就已經很吃力了，還有辦法再照顧其他生命嗎？我能照顧好失去我之後就無法自己吃飯，生病也無法表達的弱小生命嗎？

如果我養了一隻狗，我應該會成為牠最好的朋友，會是牠最愛也最想膩在一起的對象，會成為牠的「最愛」。可是我無法全天候陪著他，我還是得出門工作，直到晚上才能回家。我很希望牠別因此感到緊張，我想讓牠知道白天玄關附近發出聲音的不是我，讓牠不要因此激動或太興奮。不過小狗不會看時鐘，所以我不知道牠能否理解我說

的白天跟晚上是什麼意思。雖然我真的很想養狗，但我也好怕尚未到來的分離。雖然也有可能是我比較早死，不過通常都是狗會比人先走……當狗離開我之後，我可能會覺得非常空虛，這讓我很害怕去養、去愛一隻狗。

　　仔細想想，這世上有很多狗沒有家也沒有家人。世上有許多狗被拋棄、被關在鐵籠裡，終生被強迫做些可怕的事（嗚嗚）。如果我領養牠們呢？這樣是不是就能改變任何一隻狗的世界？我給牠溫暖的家、摸摸牠、餵牠吃飯、跟牠一起玩，這樣就能改變那隻狗的生命嗎？

　　牠死了之後，我可能會因為太難過而覺得「無法再養別的狗」，但說不定也能再讓其他狗獲得幸福。我這一生，大約能讓五隻狗因我獲得完全不同的人生。我可以改變五個宇宙，這簡直就像施展魔法讓牠們獲得幸福！

　　在改變牠們的宇宙時，我也會被狗所愛，牠們會搖著尾巴衝上來親我。即使我在忙別的事無法關心牠們，牠們也不會生氣，只會坐在我的腳邊，一邊睡午覺一邊等我有空陪牠們玩。牠們會給我最好的愛。

不過，我真的能養狗嗎？

煩惱了好幾年之後，一天，獸醫師朋友寄了一張褐色臘腸犬的照片給我，說有人把這隻狗丟棄在他工作的動物醫院，狗已經在醫院住了一個月了，問我能不能帶牠走。

我為了要不要養狗而傷透腦筋，沒想到一隻狗就這麼躍入我的人生。

跟狗一起生活真的很了不得。這柔軟又溫暖的生物，徹底改變我平凡的人生。現在無論天氣再熱或再冷、我的狀況好或不好，每天都一定要帶狗出門散散步。要花錢在醫療、飼料、點心、玩具、衣服（不知道狗喜不喜歡）等項目上，原本自己一個人花都不太夠用了，現在還得分給狗。

我現在也不能睡懶覺了。因為狗自己能做的事情不多，所以我必須好好服侍牠。如果狗在散步時大便，我必須把牠的大便當成珍貴的寶物撿起來，回到家之後還得哄

牠把腳擦乾淨。睡前要幫牠刷牙，時間到了要幫牠洗澡，
這傢伙不能說話，所以牠生病的時候，我還得抱著牠哭著
衝去醫院。

　　等時候到了（現在就覺得好難過了），狗狗離開我之
後，我就得看著牠的飯碗和玩具暗自哭泣。我肯定會有好
幾天的時間，以為自己聽到狗狗在家裡奔跑的聲音。然後
還得花好幾個月，去習慣房門可以完全緊閉，不必留空間
給狗進來的生活。

　　即使要承受這一切的不便、麻煩與悲傷，我仍然決定
跟狗一起生活。我們對彼此的愛，可以戰勝這一切的麻煩
與悲傷。你的宇宙跟我的宇宙，就是這樣連結起來的。

你有養寵物嗎？寵物叫什麼呢？
你最喜歡牠的什麼地方？

黃色之家

文森‧梵谷（1853～1890），亞爾，1888年9月
帆布與油彩，72cm x 91.5cm
出處：阿姆斯特丹梵谷美術館（文森梵谷財團）

J！

待在這裡這段期間，我自己一個人去了阿姆斯特丹的梵谷美術館，不管看什麼都會想起你。（這張明信片也是在那裡買的！）

梵谷真的是個很孤單、很需要朋友的人。我現在跟家人分隔兩地，所以經常會思考到底什麼是家。從小我們一直被教導說，家是由一男一女結婚（＋小孩）組織而成，不過我越想越覺得似乎不是這樣。（大多數情況都是無法選擇，偶然之下成為家人。）

我覺得似乎有一種家的形式，是成員們用心組成的家、是依照我自己的選擇，而不是依靠偶然所組成的家。我想你應該就是家庭成員之一，我無法只用「朋友」來定

義你。如果要從世上的語言當中，選一個最能夠定義你的詞，那我想應該就只有家人了吧，你就是我選擇的家人。

最近跟我住在一起的人*似乎承受很大的生活壓力，這也讓我思考起跟居住有關的問題。（家跟居住又是不同的議題）。我想，我還是想跟喜歡的人住在一起。我希望可以有屬於自己的空間，也有能跟大家一起吃飯、暢飲的空間，還有可以開心工作的空間。

梵谷也很渴望這些。他想跟藝術家朋友一起生活，在生活中互相給予彼此靈感，以期藝術上或精神上獲得更多的啟發（我想這也是孤單男性想跟朋友聚在一起的最大原因吧）。他用來達成那個目標的空間，就是亞爾的黃色之家。

梵谷寄信給很多朋友邀他們一起來住，但只有一個人，也就是高更回應他的邀請。不過兩人一起生活過沒多

---

* 我這時跟兩名朋友一起生活。

久（只有六十三天），就認知到彼此的不同，爭吵過後高更便搬走了。梵谷無法克服憤怒與悲傷（可能還有孤單），便割下自己的耳朵用紙包起來送給一名妓女。這件事驚動了警察，幾天後梵谷獨自住進精神病院。這樣的舉動很極端，但我似乎能理解他，那也讓我在看這幅畫時感到鼻酸。不過我不會因為你不跟我一起生活，就把耳朵切下來，我想我頂多就是剪剪瀏海吧。

回到韓國之後，就來建立一個這樣的「home」吧！隨時歡迎你來！黃色之家的大門會隨時敞開，讓你能夠加入。

寫著寫著，覺得這信的內容好亂，沒什麼值得看的東西。

我是想到什麼寫什麼，相信你能理解我的心吧，呵呵。

——布拉基歐
（布拉基歐從荷蘭寄給親愛的朋友的明信片）

後來在另一個晚上，憂鬱的J傳訊息給我。剛好我之前讀了力克・胡哲（Nick Vujicic）的書，想起書的內容，便分了一點樂觀給他。（《人生不設限：我那好得不像話的生命體驗》）雖然不太記得實際內容寫了什麼，不過大致如下：

「你是用全世界最美麗、最珍貴的鑽石也無法換取的寶貴存在。人生不可能總是平坦的康莊大道，有時我們也要稍微調整自己的路線，但無論怎麼調整路線，人生依然很珍貴。你可以試著相信無論環境與外在條件如何，只要還有一口氣，這世界就還有必須要由你去完成的事情。人生在世，最重要的就是領悟自己的價值。」

我說了這些話，J回說：

「你的價值很多……嗯，仔細想想，光是你存在於地球上的某個角落，就已經能讓我感到安心了。」

這段話讓我覺得很幸福。

QUESTION

有沒有光是存在就讓你感到安心的朋友呢？
把這件事告訴他吧。

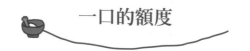

一口的額度

幾年之後的某一天,
布拉基歐跟迪布羅一起吃飯。

一起吃飯吃了好幾年之後，我們才終於好好把真心話講給對方聽。迪布羅非常討厭「吃一口族」，他只想吃他自己的那一份，不想多吃也不想少吃。不在計畫內的事情會讓他感到很不舒服、很焦慮，所以他希望至少吃飯時能輕鬆一點。他不喜歡別人搶他的飯吃，也不想要吃別人的飯。除了為特殊紀念日出去吃飯以外，其他的日常進食都只是為了填飽肚子的行為，除此之外別無其他。

對布拉基歐來說，吃飯不只是吃而已，而是可以接觸到很多不同的食物，與他人分享經驗的時間。所以他會很自然地想讓對方吃吃自己選的東西，也會想吃吃看對方的餐點。他覺得迪布羅的飯有一口是屬於他的，當迪布羅拒絕吃他的飯時，他會隱約覺得有些難過。

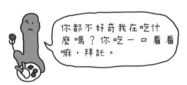

兩人在一起吃了上百次，或許甚至超過上千次的飯之後，才終於理解彼此，然後他們終於能找到平衡點。

　　現在迪布羅吃飯時，會顧慮到布拉基歐的心情，事先把要給布拉基歐的那一口放進自己的規劃裡。迪布羅會先舀起三、四口飯放在盤子的一角給布拉基歐，他也會吃一點布拉基歐的飯，然後再討論食物吃起來的味道。他們開始一點一點改變。

QUESTION

你是屬於哪一邊呢？

沒興趣資料夾

我的好惡非常分明。

我心裡有非常明確的標準，
要把東西分類對我來說非常簡單。

有喜歡跟恨之入骨的東西，
但沒有介於兩者之間的東西。

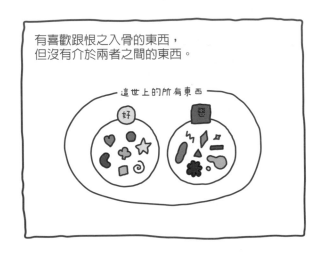

人際關係也是一樣。

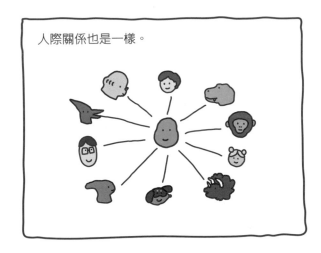

我會建立資料夾，
分類喜歡的人跟討厭的人。

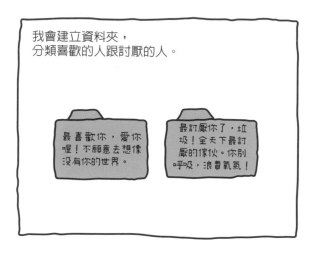

無論是誰，我都會放入其中一個資料夾。

不過人生在世，
還是會遇到不屬於任何一邊的情況。

他到底該放
在哪裡呢？

你最棒　　你最爛

於是也出現了一個給他們的資料夾。

新資料
夾

你最棒　　你最爛

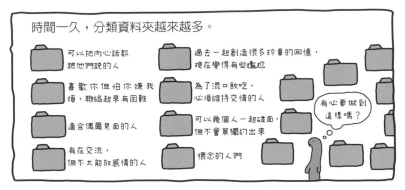

時間一久，分類資料夾越來越多。

可以把內心話都
跟他們說的人

喜歡你但怕你嫌我
煩，聯絡起來有困難

適合偶爾見面的人

有在交流，
但不太能放感情的人

過去一起創造很多珍貴的回憶，
現在變得有些尷尬

為了混口飯吃，
必須維持交情的人

可以幾個人一起碰面
但不會單獨約出來

懷念的人們

有必要做到
這樣嗎？

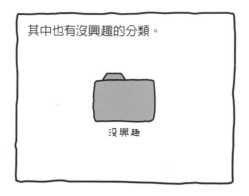

其中也有沒興趣的分類。

沒興趣

幾乎不會對我造成任何影響的人、
雖然認識但跟陌生人沒兩樣的人、
都屬於這裡。

啊，對了，也是
有這些人吧。

沒興趣

「沒興趣」裡的人，過去大多數都是
「你最爛」資料夾的成員。

嘿咻！

你最爛   沒興趣

有時候會懷念自己一個勁兒地向某人示好，用純度百分之九十九點九的心表達熱情、毫無保留展現自我的時候。

也會有討厭某人討厭到要死的時候。

隨著怒火的強度和頻率降低，
我也發現自己的心變得比以前更自在、健康。

所以沒興趣分類的出現，讓我有點感激。

QUESTION

面對人際關係時，
什麼時候會讓你覺得自己長大了？

在前往布達佩斯的
班機上

　　這是從赫爾辛基往布達佩斯的夜間班機上發生的事。鄰座坐的是看上去約莫六十多歲的芬蘭叔叔，以及可能是他太太或女友的一名阿姨。兩人攤開報紙，一起在玩填字遊戲。雖然我聽不懂對話內容，但能感覺到他們非常開心，叔叔有時候甚至會中氣十足地大笑出聲。他為了聽清楚阿姨說的話，會把身體靠在阿姨旁邊認真聆聽，航程中也一直握著她的手。兩人看起來真的很快樂、很享受，絲毫看不出任何不耐煩或疲憊，那幅情景真是非常美麗。

　　飛機降落時，他們的手仍然緊緊握在一起。這時降落廣播在機內響起，廣播的最後一句話是「祝福今天搭乘本

航班的每一位美麗女性，都能度過美好的國際婦女節。」
叔叔輕輕環抱靠在他身上沉睡的阿姨，動作就像呵護女王
一樣輕巧。

　　只是玩個填字遊戲就能這麼開心，眞的讓我大受衝
擊，同時我也感到非常幸運，竟有機會親眼目睹這一幕。
有些人可能會覺得他們上了年紀不懂分寸，或覺得叔叔這
樣不顧旁人眼光實在「不像個男人」。但我想大家都是羨
慕在心裡，只是沒有表現出來。其實每個人都很羨慕、很
渴望這樣的愛吧？這種即使上了年紀，也很享受跟伴侶相
處的愛，能讓人感到幸福與悸動。那是一種因為不懂分
寸，才能毫不掩飾表達內心感受的愛。那天，我在兩雙明
亮的眼眸裡看見了那種愛，那兩對眼眸比多瑙河的夜景更
加耀眼。（啊，這形容好老套，但實在沒有其他更好的說
法了。）

QUESTION

有讓你想仿效的情侶或夫妻嗎？

Chapter 3

這世界值得我繼續住下去嗎？

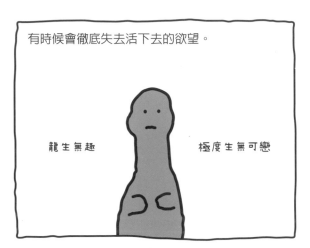

有時候會徹底失去活下去的欲望。

龍生無趣　　　　極度生無可戀

這種時期，每天都只有一個想法：

我總有一天會　　　到底為什麼要
死、會被遺忘　　　活得這麼認真？

感覺一切都是白費力氣。

活著幹嘛

呼……我的龍
生真的無解

拖沓

拖沓

Dr.U

談話療心

唉?

偶然地,
我看見一個可疑的招牌。

Dr.U 的
談話療心

本週談話主題

存在危機
EXISTENTIAL
Crisis

總之，在這個偶然發現的空間，
我獲得意想不到的體驗，
而那徹底改變我的龍生。

叮鈴

您好！

您真是來對地方了。

快請過來這邊坐。

來～現在就請大家
一個個來說說自己
的感覺吧。

獨角獸

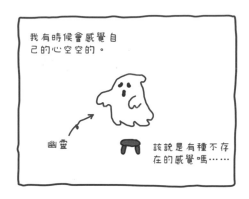

QUESTION

為什麼要活著？

如果擁有了自己
想要的一切

如果擁有了想要的一切，找想住在韓屋。

保安嚴密，

還離地鐵站爆近。

我想住在這種地方。

一有機會就找各種理由開派對。

哇，真的恭喜你！

那就來
我家玩吧！

咦？
需要這樣嗎？

這種日子就
應該一起慶
祝才對啊～

想跟我喜歡的夥伴們一起，

度過最愉快的時光。

在安全又平靜，專屬於我的圍牆內。

QUESTION

如果你擁有想要的一切，你想做什麼？

在水面上悠游，

順著水流慢慢游動的這些鳥，

不會懷疑自己是不是天鵝，

不會擔心「如果我是鴨子怎麼辦」。

沒有任何人可以定義鴨子天鵝。

鴨子天鵝可以是任何東西，

也可以不是任何東西。

我們全都是鴨子天鵝。

QUESTION

你是誰？

廉價的汽水味
口香糖

凌晨一點回到家。

呼⋯⋯

在外套口袋裡摸到一個口香糖。

唉？

是一位出生在冬天，
卻非常怕冷的計程車司機白天給我的口香糖。

他說廉價的汽水味很不錯，

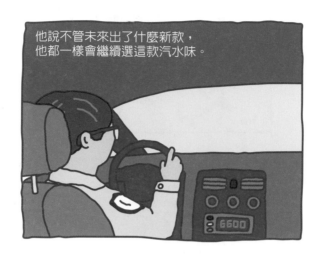

他說不管未來出了什麼新款，
他都一樣會繼續選這款汽水味。

咦？

那位司機為什麼要跟我說這些話呢？

他難道是
山神嗎？

他說得沒錯，
廉價的汽水味口香糖很不錯。

咀嚼咀嚼

這讓我覺得，我想成為像他那樣可
以輕鬆說出這種話，還大方掏出口
香糖分享的大人。

吹～

QUESTION

司機先生

究竟想說什麼呢？

我究竟在往哪裡前進呢？
這條路是對的嗎？

大家都過著這種生活嗎？

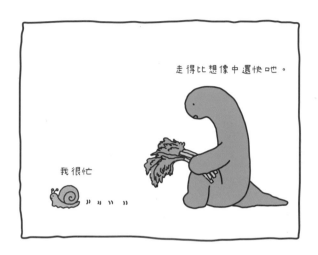

走得比想像中還快吧。

我很忙

我不知道自己要去哪裡，
但你好像很清楚自己的方向。

慢走

太好了。

　　一天，我發現從市場買回來的水芹上面有一隻蝸牛。我呆望著，短暫地呆望了一下，發現蝸牛很努力地朝水芹葉之間的某個地方爬過去。我覺得自己好像能聽見蝸牛在唱歌。

　　「我走了好遠，雖然走得很慢，但我很清楚自己要去哪裡。」

　　雖然不知道蝸牛是怎麼從田裡來到這裡，但反正蝸牛應該是為了自己的目標，所以才會爬到水芹上吧？就連小小的軟體動物，都清楚知道自己的方向呢。

　　雖然我不知道自己的方向，但蝸牛知道自己該往哪走，真是太好了（！）。

QUESTION

你現在正往哪裡前進呢？

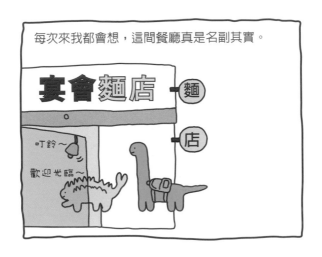

每次來我都會想，這間餐廳真是名副其實。

嗯，這間就是宴會麵的創始店。
湯頭使用濃郁又有層次的鰻魚湯，怎麼喝都不會膩。

辣拌麵雖然很辣，但會讓人想一口接一口。
今天天氣很熱，就吃辣拌麵好了？
可是我只想吃兩口而已⋯⋯

可是這裡的湯
真的超好喝⋯⋯

菜　單

宴　辣　水
會　拌
麵　麵　餃

6.0　6.0　4.0

「快說你要吃辣拌麵，安基羅！」

菜　單
宴　辣　水
會　拌
麵　麵　餃

6.0　4.0

我要吃宴會麵，
你要吃什麼？

好～
四位對嗎？

突然沉默。

……

真不好意思
啊……哈哈哈……

唉唷，没關係啦～

啊哈哈哈

哈哈哈

「雖然想吃宴會麵，
但也想吃一點辣拌麵，所以每個人各點一碗宴會麵，再把辣拌麵當成配菜分著吃，居然這麼聰明！而且她們果決又有默契，
進到店裡沒有討論就立刻點餐。
幾位阿姨，真厲害……」

是有練過的吧……

QUESTION

有人讓你覺得「那個人挺成熟的吧」嗎？

無知時最棒的
事情

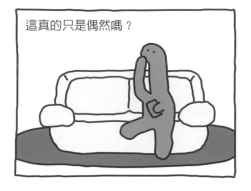

這真的只是偶然嗎？

我得查查看。

Google

Q 雙黃蛋   ✕
Q 出現雙黃蛋的機率
Q 一直打到雙黃蛋時
Q 雙黃蛋 好運
Q 有雙黃蛋的原因
Q 雙黃蛋能吃嗎

咦?有這麼多人跟我一樣喔?

呵呵呵

六十顆中有五十八顆都是雙黃蛋?!

煮泡麵時打到雙黃蛋,要不要買樂透?

在豪食多買了六十顆蛋,有五十八顆都是雙黃蛋,超酷,呵呵呵

十二顆裡面有十一顆是雙黃蛋!

「雙黃蛋是母雞產卵初期的排卵問題所致。
由於產卵初期荷爾蒙不均衡，
才會出現雙黃蛋現象。」

「同一籠的母雞所生的蛋通常會放在一起，所
以整盤雞蛋有大量雙黃蛋的情況很常見。」

我們都是同年的雞

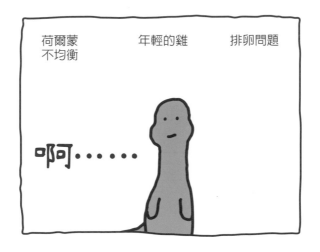

如果不會對生活造成影響，
應該不要知道這些事比較好……

打蛋——

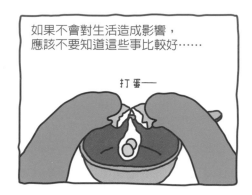

這顆是荷爾蒙不均衡的
年輕的雞生的蛋呢。

換成是以前，肯定會覺得運氣很好。

　　雖說是荷爾蒙問題，不過雙黃蛋作為商品的品質和安全性都沒問題喔。據說維生素A和B含量，還比一般的雞蛋高呢。雖然飽和脂肪與膽固醇較多（不可能只有好東西比較多吧），不過還是有好處吧？聽說雙黃蛋比單黃（？）更大，重量也更重喔。

　　所以我們還是像以前一樣，打到雙黃蛋的時候，就當成是那天比平常更幸運吧！

QUESTION

有沒有什麼事讓你覺得乾脆一輩子都不要知道？

　　世界亂成一團。電視上、社群平台上到處都是那個新聞，人們也因那個消息而躁動。無論是他身邊的人，還是陌生人們，都在難過地談論他，甚至還哭了。

　　又有人自殺了。媒體報導，可能又是因為惡意留言，想必還有一些複雜但難以說出口的理由吧，只有殞命的故人知道真相。

　　我想起以前在芬蘭交換學生時發生的事。那天很冷，但天氣很好。下課後我穿越廣場要去銀行，在廣場中央看

見一名男子徘徊。我與他對上眼，並向他點頭問了個好。沒想到他也向我打招呼，並問我從哪個國家來，後面補了一句是不是從日本來的？（詢問的同時，還一邊翻找一疊小本子，並從中找出寫了日文的那本。）我心裡十分後悔跟陌生人打招呼，但還是回答說我從韓國來。接著他把用英文寫成的本子遞給我，並問我韓國是不是有很多基督徒，問我有沒有上教會。我說：「我以前有去。」他重複我的話說：「以前有去……」

　　我很擔心他會當場拉著我，把我帶到教會去，所以內心十分戒備。

　　「怎麼了？有什麼事嗎？」
　　「沒有什麼啦，就是覺得世事不如人意……」
　　「你應該向上帝祈求，希望他賜你一個信仰的夥伴。」

　　我很擔心他會當場要我成為他信仰的夥伴，於是又在

心裡擺出防禦態勢。

「耶穌也好、信徒也好，在教會遇到的幾隻恐龍……
（當然，我相信大部分都是好恐龍）哦，嗯，有點難
說。」

他點點頭，好像明白我的意思，微笑說他能理解。
我尷尬地笑著，沒想到他接著說，重要的不是教會還是恐
龍，重要的是「耶穌與你的關係」。我沒說話，只是看著
他。他問我叫什麼名字，我不太想回答，但猶豫了一下還
是告訴他。

「我想為你禱告，布拉基歐。我想為你向神禱告，能
跟你聊天真的很棒。」

對話就這樣結束，沒有後續了。他沒有問我電話號
碼，也沒有要我做什麼承諾，只是說想為我禱告。在陌生
的外地聽見的「想為你禱告」，是一句力量足以超越宗教

信仰的話語，能讓人感受人類的大愛（但我不是人類）。
我在想，無論他向什麼神禱告，就算是向風或向花禱告，
應該都會有很好的效果吧。

　　每當難過時，我都會想起這件事。雖然我們是初次
見面，但他仍真心與我交談並為我禱告。這世上雖有壞恐
龍，但也有很多好恐龍，也有許多為了成為好恐龍而努力
的恐龍。

　　我想，結束自己生命的人如果遇到他，或許會做出不
同的選擇也說不定。

　　今晚我會為你禱告。

QUESTION

你曾經被陌生人感動嗎？

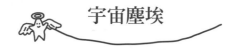

宇宙塵埃

我覺得
我就是一顆
宇宙塵埃。

是很小、很微不足道的存在。

我覺得在宇宙之中，
我甚至比不上
塵埃的塵埃的
塵埃的塵埃。

我偶然看見以宇宙誕生為主題的演講。

宇宙是從一個
小點開始的

大爆炸之後，
宇宙裡面只有氫與氦。

大範圍散播出去的氫、
氦氣體相互碰撞，產生巨大的行星。

因為這些行星的重力和熱，
讓元素之間得以融合，
進而產生鋰、鈹、碳等元素。

這個過程一再重複，
才有了太陽、有了我們居住的地球。

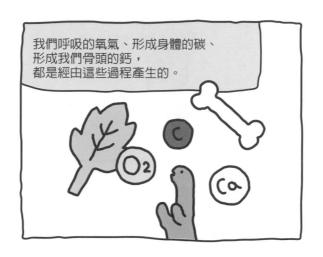

我是星星死掉爆炸之後，
噴發出來的粉末所創造的存在。

我的身體就是一個宇宙。
我們的身體都是不同的宇宙。

一想到為了讓我誕生，
有一顆巨大的星星因此爆炸，

就突然感覺整個宇宙都跟我有直接連結，讓我有了勇氣跟力量。

每當感到無力、害怕的時候，
我都要想想這件事。

QUESTION

你希望自己是哪顆星星的殘骸呢？

迷宮花園

人生就像一座
迷宮花園。

這迷宮雖然有終點,

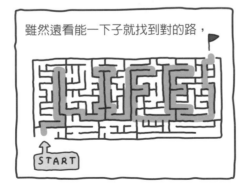

走在路上會看見美麗的花，

會遇到小貓，

也會結交朋友。

有些朋友能夠同行很久，

有些朋友則很快就會分開。

我走這邊看看

好，路上小心～

再見囉～

這樣反而更有趣吧！

　　我們在人生這座迷宮中每天都在迷路，迷路的程度十分誇張，甚至讓人想問爲何每天都這樣。我們有時會跌倒、有時會哭，但也有很多時候會感到開心。雖然我不想走就可以不繼續走，但不管怎樣，最後都還是會爬起來重新邁開步伐。

　　老實說，我也不知道我走這些路，到底是不是朝著我的追求前進。

但總比停下來要好，所以我今天也繼續走著。

　　能有機會在那條路上遇見你，真的讓我很高興。如果我的登場，能在你的旅程中帶來非常小的快樂，那真的會讓我很開心。
　　如果遇見我能多少讓你感到開心，我會很慶幸自己沒有放棄，有繼續走下去。那在我們下次相遇之前，先再見嘍！

K原創 020
我們是微小的存在

作　者｜巧可滿 工作室
譯　者｜陳品芳

出版者｜大田出版有限公司
台北市一○四四五中山北路二段二十六巷二號二樓
E-mail｜titan@morningstar.com.tw　http://www.titan3.com.tw
編輯部專線｜(02) 2562-1383　傳真：(02) 2581-8761

總編輯｜莊培園
副總編輯｜蔡鳳儀
行銷編輯｜張筠和
行政編輯｜鄭鈺澐
校　對｜黃薇霓／陳品芳

網路書店｜http://www.morningstar.com.tw（晨星網路書店）
TEL：(04) 2359-5819 FAX：(04) 2359-5493

初　刷｜二○二二年十二月一日　定價：三九九元
四　刷｜二○二四年七月四日

購書E-mail｜service@morningstar.com.tw
郵政劃撥｜15060393（知己圖書股份有限公司）
印　刷｜上好印刷股份有限公司

國際書碼｜978-986-179-771-7　CIP：862.6/111014934

填回函雙重禮
① 立即送購書優惠券
② 抽獎小禮物

國家圖書館出版品預行編目資料

我們是微小的存在／巧可滿 工作室圖文
；陳品芳譯．
──初版──臺北市：大田，2022.12
面；公分．──（K原創；020）

ISBN 978-986-179-771-7（平裝）

862.6　　　　　　　　　111014934

Original Title: 우리는 조구만 존재야
We Are All Tiny Beings by Joguman Studio
Copyright © 2020 Joguman Studio
All rights reserved.
Original Korean edition published by Gilbut
Publishing Co., Ltd., Seoul, Korea
Traditional Chinese Translation Copyright© 2022
by Titan Publishing Co., Ltd.
This Traditional Chinese Language edition
published by arranged with Gilbut Publishing Co.,
Ltd. through Emily Books Agency LTD.